句集

半音階

菊池悦子

etsuko kikuchi

東京四季出版

序

葡萄棚半音階に揺らす風

句集名となった「半音階」はこの句から抽出されたものと思う。幼時に聴いたビバルディーの〝四季〟から季節の風の移ろいに興じ、その後身につけた合唱・フルートを通して音楽への造詣を深め、日常の営みからも自然の息吹からも〝音〟を一体感として感受されていたようだ。

半音階は全音階に対して各音の間がすべて半音をなす音階であり、その軽快なリズムは生命力をも感じながら連動してゆくと頷ける。半音階の風をききながら成熟した葡萄は果物となりワインとなり生活を潤し、やがて体内に半音階の糧を送ってくれるのであろう。この句集の題名を「半音階」と決められたことに悦子さんの志向を窺うことが出来る。
「春の月」の章では

鎌倉や僧の声明春の宵
新調の傘ぽんとさす春時雨
音はみな海へ消えゆく枯野原
明け初むる音しらじらと寒の入り
梅が枝にぽぽと色づく日和かな

というように僧の声、新調の傘、枯れた野原、寒入りの朝、ほつほつ咲き出した梅の枝等々から夫々異なった音色を導き出している。

一九八四年「ひまわり句会」「落葉松」に拠られて充分な基礎を学ばれ十年を経て、一九九五年「顔」の門をたたかれた。この辺りが悦子さんとの出合いとなろうか。爾後の「転生の森」百句には所謂〝転生〟の兆しが現われる。

螢現れ一山の闇引き寄せし
初凧の真青な空をたぐり寄す
青嶺して身の内の刻狂い出す
ぼうたんの矜持の影をまたぎおり

闇を引き寄せ、空をたぐり寄す、身の内の刻が狂う、矜持の影をまたぐ等強引とも思える表現のなかに、明らかに自己表現・存在感・心象がくっきり注入された作者の人生観への根源がしっかり具現されて来ている。

一方常に弱気を見せる事のない悦子さんを語るのは難しいが

残照の身も沈みゆく花野かな
侮りし身のどこからか枯れる音

等ふと洩らされた心境に内なるものも垣間見え人生の根源のなつかしさに通じている。

裸婦像のこんなところに蜘蛛の糸
椎の花匂う夕べの水銹びぬ
心音の消されゆく桃のしたたり
一炊の夢もて一葉落ちにけり
人魚の徘徊する六月の森
蓮根の穴いびつにて昏れやすし
終電に間に合いますか雪おんな
どこへでもゆきたがりやのいのこずち
マルクスもゲーテも知らぬところてん
裸木やソクラテスなら何を問う

意欲的な句域へ踏み込んだこれ等の句は私の好きな句でもある。探求心に富んだ、感覚的な、比喩の巧みな、目配りの確かなそして浪漫性のある句群である。

新樹かげそよぎの中の父母の墓
父の声みぞおちにあり黄落す
ちちははの影を濃くして芹を摘む

豊かな環境に育った想い出の父母への敬愛の感慨であろうか。

つく羽子の記憶の底に落ちゆけり
鯛へ幕の引き方考える
塗り箸を短く持ちぬ夜の霜
凍星や身の閂をずらしおく
奔放に生きて淋しき寒鴉
威を借りぬダビデの像の夕焼す

しみじみと心の襞をみつめて自問自答の呟きの句も見受けられ、これも人生の一断面として捉えられるが、ダビデの像の威を借りる術も掌中に秘めているのである。

凍 鶴 の 軸 足 移 す 以 下 余 白

さて、ご実家の書棚にあった古い「歳時記」に導かれ俳句に手を染め第一句集の成った今、しかと軸足を移してゆっくり今後の人生を詠い上げてゆかれる余白を期待し、ここに『半音階』の上梓をお祝いしペンを擱く。

平成二十八年一月　雪の夜に

瀬戸美代子

半音階◉目次

題字　瀬戸美代子
装幀　田中淑恵

句集

半音階

はんおんかい

春の月

一九八五〜一九九四年

一九八五年

鎌倉や僧の声明春の宵

陶工の日を塗りこめて春ひかる

木洩れ日の織りなす模様夏木立

繭色のひかり降り来る今朝の秋

束の間の山容ありし霧走る
紺青の空の真中に月の凍て

凍月の吾に宿りて影を曳く

枝どれも花簪の小梅かな

一九八六年

新調の傘ぽんとさす春時雨

新樹かげそよぎの中の父母の墓

遠き日の音の乾きや大花火

ななかまど北の涯にて火と燃ゆる

塔頭の僧の足音や冬に入る

うたかたの想いに似しや春の雪

一九八七年

ぼんぼりの揺れて侘しき桜二分

エプロンの糊やわらかし梅雨兆す

ふわり来てひらりと過る秋の蝶
ひしめきし谷戸の家並みの秋うらら

音はみな海へ消えゆく枯野原

小面のふくみ笑いや雪明り

円空の面輪やさしき春日影　一九八八年

軽鴨の水輪小さく一途なり

触るる手のくぼみの多し花氷

盆唄の闇ぬけて来し風の使者

灯明をそよりと揺らす秋の風
絵タイルの冴えざえとして歩を入れず

風紋のひろがり移す冬日差し

上海

買い初めは異国の地にて絵符一枚

一九八九年

剝落の仁王にかかる夏の月

風しかと蕗の広葉に乗りにけり

一九九〇年

雪渓を置きて険しき山の襞

天涯に途切れば紡ぐ秋の雲

渋柿の一つ乗りたる祠かな

秋気澄むギヤマンに秘むむ謎の色

ゆずり合う轍のあとや雪の道

音といる道路工夫に寒の月

歩き初む襁褓の子らに日脚伸ぶ

一九九一年

弟を悼む　三句

敬語もて語りし弟つゆの中

郭公のこだまとなりて弟逝く

来たる世も弟であれほととぎす

荷ほどきの紐もどかしく梅雨に入る

虫の音の一つになりて夜の深む

明け初むる音しらじらと寒の入り

雨兆す先客ひとり寒牡丹

囲われし鶏の昂り春一番

一九九二年

杉の秀の重なり合いて春の星

風少しあるかに揺るる藤の波

折鶴の立たぬひと日や梅雨に入る

京都

瀬音より離れ二人の秋の寺

門跡の葬列ながし秋暮るる

鐘一打一打に浄むる秋の寺

白梅に闇を貸したる古刹かな

一九九三年

うすうすと一舟ゆらぐ春の沖

兄を悼む　三句

兄も逝く山百合の甕うとましき

みまかりし兄をいざなう梅雨の雷

黄泉の地の父母とまみえし沙羅の花

矢澤尾上先生を悼む　三句

逝く秋や句集ひもとき師にまみゆ

秋風のさらいし句座や椅子ひとつ

啼き足りぬ真夜に声して秋の蟬

枯蓮のよろめき立ちし水の面

宝塔の中空を割く余寒かな

梅が枝にぽぽと色づく日和かな

一九九四年

いと小さき雛に心見られおり

山彦の声の躓く紅葉山

秋の夜の胡弓の音の白さかな

丹の失せし仁王の貌の冷えびえと

転生の森

一九九五〜二〇〇四年

一九九五年

茹でし菜の色あおあおと年はじめ

葱坊主方丈の壁にぎにぎし

歯の痒くなる炎昼の熔接音

富士よりの真水もらいて墓洗う

一九九六年

囀の空は男の解放区

六月の森は百鬼の風動く

螢現れ一山の闇引き寄せし

帆柱の影倒れ来る晩夏光

朴落葉誰も踏まぬを踏んでみる

初晴れや正調となる鳶の笛

一九九七年

初凧の真青な空をたぐり寄す

つく羽子の記憶の底に落ちゆけり

鐘の音のたゆたういずこも花万朶

炎天を斜めに抜けし風の私語

山国の雪まろまろと降りつづく

跫音の組み込まれゆく春の闇

一九九八年

葉桜のセピア色している郷愁

青嶺して身の内の刻狂い出す

緩急を巧みに抜けし鬼やんま

碁盤目にアリバイのあり星月夜

躓きの多くなりたり神の留守

ユーラシア大陸最西端　ロカ岬

冬凪や十字の碑地に果てる

ポルトガル　アルコパサ

剝落のマリアに冬日の惜しみなき

日の暈の遠のいてゆく花大根

一九九九年

春大根まあるくおろし嘘をつく

転生の森に分け入る日雷

天の川きしきしと鳴る肋骨

折鶴の黙るいるいと原爆忌

蜩へ幕の引き方考える

満月の向こうに邪気の棲むという

木犀の闇に風穴生まれけり

したたかにしなやかに風の秋桜

うすれゆく家系ゆらゆら烏瓜

愚直という一本の杭秋の空

塗り箸を短く持ちぬ夜の霜

ふらここの揺れ速くなる妬心かな

二〇〇〇年

一条の野川きらめく麦の秋

足萎えし人に緑雨の肩を貸す

西日射す鏡の裏の謀反かな

模糊として風の動かぬ鶏頭花

残照の身も沈みゆく花野かな

父の声みぞおちにあり黄落す

帳尻の合わずに生きて枯蟷螂

萩枯れてふる里の声遠くせり

枯菊を焚いて疎通をはかりけり

枯れを行く四囲やわらかな私語をもつ

小肥りの女身仏なり冬茜

遺伝子をまさぐっている冬の蝶

着ぶくれて己も人も騙しおり
霜踏みて命の火種たしかめる

凍蝶でいたいひと日の自戒かな

無印の香り漂う春の土

二〇〇一年

蜘蛛の囲や自作自演のゆるびたる

新涼やひらがなの浮く掲示板

秋霖やしがらみまとう日のありて

片江恵美子さんを悼む　二句

萩の戸を堅く閉ざせし別れかな

満月へ足早に消え無常なり
木枯の竹百幹を率いたり

大寒の箸きりきりと揉み洗う

二〇〇二年

早春の色と思いし影連れて

春燈へときめく影を増やしけり

春耕のつかず離れず影二つ

人恋うて声のくぐもる青葉木菟

アセチレンの風にふりむく祭笛

胸中のおだやかならぬ蟬の穴

新涼やかざり釦を二つ三つ

人影の仔細となりし水の秋

コスモスを摘みてもろ手の美しき

錦秋や沢の水音ふくれくる

鬼怒川句会　二句

初雪や平家の里に貌さらす

さながらに落人となり雪被る

煩悩を一つ増やして日脚伸ぶ

二〇〇三年

薄氷を踏みて母郷に近づきぬ

ちちははの影を濃くして芹を摘む

ぼうたんの矜持の影をまたぎおり

花桐の高みの空の薄明り

裸婦像のこんなところに蜘蛛の糸

手花火の八方美人で終りけり

煩悩に濃淡ありし葛かずら

丹念に風をこぼしぬ秋桜

侮りし身のどこからか枯れる音

観覧車ごつんと冬に突き当たる

冬ざれの音からからと無法地帯

風音に余白のありし梅三分

二〇〇四年

春遅し閻魔大王口開けて

別れ霜揺れし一つの灯も消えて

はたと止む馬の嘶き草朧

春昼のほころぶ風に歩を足しぬ

春服を脱ぎ少年の熟れにゆく
ジャズの音間遠になりし柿に花

椎の花匂う夕べの水銹びぬ

風と影より添い合いて立葵

命運を風に任せて沙羅の花
形代に前衛のごと筆を入れ

諦めも取柄のひとつ石榴食む

方舟の攫われている良夜かな

錦秋や沢の水音ふくらみて
囃されて風となりたる秋桜

帆柱の影とがらせて冬に入る

しぐるるや父の蔵書の印うすき

玲瓏な空

二〇〇五〜二〇一四年

二〇〇五年

土偶の顔して薄氷を割りにけり

行き止まりなき逆行を鳥帰る

道幅に日を育みいて蕗の薹

トランペット音階はずす春の風

下心あるかも知れず亀鳴けり

追い風の時に険しく万愚節

花万朶人は即身仏になり

一村は地縁つづきの花水木

青しぐれ讃美歌の声うしろより
淡く来て青水無月の空仰ぐ

夏至の海ぼんの窪より昏れにけり

こころざし次第に痩せし水を打つ

琴線に触れずの木の実の降りにけり

着ぶくれて善人という貌になる

寒林の石に声あり貌のあり

口中の渇きしきりに霜降れり

凍星や身の門をずらしおく

二〇〇六年

水底のゆるびて来たり春の月

身の丈に見合う生き方竹の散る

川音へ声紋ゆらぐ秋暑し

虚と実の間合いにゆらぎ曼珠沙華

人絶えて浄土のかたち花芒

裏町に荷風好みの霰降る

海鳴りの来し方いくつ蜜柑剝く

なりゆきは風に委せてぬくめ酒

二ン月の重心に猫の居すわる

二〇〇七年

下萌や声なめらかに人と逢う

立ち位置をずらし朧の中にいる

マクベスの幕は下ろされ時鳥

落書きの仏頂面や梅雨湿り

枇杷熟るるサイン・コサイン父の声

おぼつかな風の揚羽となりにけり

羅をまとい美学の崩れゆく
心音の消されゆく桃のしたたり

いびつな哲学まあるく梨を剝く

遠野

物の怪のつどう郷なりとろろ汁

ヴィオロンの秋に平たく音を出す
紅葉舞い無頼の色になりにゆく

身の程を知り霜の夜を濃くしたり
強霜を踏みシナリオを描きたり

反骨の色を添えたり冬の草

朧夜に思いの丈を吊し置く

二〇〇八年

花は葉に母が遺せし琴の爪

あと戻り出来ぬ道なり青嵐

羅やどんでん返しのありそうな
わだつみの声ひそやかに夕焼ける

葛切や向こう傷には触れないで
白萩の洒脱な風の中に佇つ

玲瓏な空がらんどう赤とんぼ

蔦引くや逢魔が刻の浮き沈み

冬星の綺麗どこまでも荒野ゆく

六根のほどなく透ける霜柱

マヌカンの溜息ひそと春隣

真中はいつも淋しい蕗の薹

二〇〇九年

大幹の百態にして青葉風

白地着て愁眉を開く夕べかな

一炊の夢もて一葉落ちにけり

抽斗の密事に触れしちちろ虫

木犀の香のあとさきを人の影

石榴裂け妖しさのふと立ち上がる

蓮の実の飛んで切絵の昏さかな

冷瓏な声まじりけり黄落期

能面に鑿音のこる夜長かな

枯葉踏む血筋の重さ覚えたり

ゆるやかなブルースしたたかな落葉

楼蘭の鏡に写す木の葉髪

折鶴の耳そばだてし虎落笛

隠沼へ影を落とせり寒鴉

二〇一〇年

缶蹴りの音一途なる余寒かな

身ほとりの絹を哭かせて春の風

陽炎や亡びの中で人を恋う

平明の真ん中にいて桜満つ

しばらくは花曼陀羅にはまりゆく
葉桜やかつて描きし絵空事

風落ちて闇展けゆく竹の秋

人魚の徘徊する六月の森

馬の目の愛し逆光の梧桐

ゆく水に白帆立てたり水芭蕉

雑駁な時空のかたち心太

心象は楕円のかたち桃を剝く

ふつふつと母系のひかり流れ星

蓮根の穴いびつにて昏れやすし

霜の夜の耳のそばだつ一行詩

うつろう冬野歩幅はいつも同じ

きさらぎの構図妖しく光《ひ》を放つ

三月の大河メロスを走らせて

二〇一一年

貌もたぬ影をほどきしおぼろ月

覆水を盆に返しぬ万愚節

梅雨空やざわついている亡国論

仏性のはや崩れけり白木槿

清濁を併せ呑みたる雲の峰

しんがりの無くてふくらむ踊の輪

掃き浄む僧の起ち居や涼新た

草の絮無頼に生きる形をして

光芒の一つに帰る秋の蝶

花野来て卑弥呼の余話となりにけり

風葬となりゆく訝紅葉濃し

十二月八日くちびるに魔物を囲う

裸木やソクラテスなら何を問う

着ぶくれて胸算用の崩れけり

腑に落ちぬ起承転結海鼠噛む

賢者とも愚者とも言わぬ海鼠かな

終電に間に合いますか雪おんな

凍蝶の微光ととのう美学かな

二〇一二年

烏賊の皮くるりと剝けて春隣

鳥帰る慈母観音をあとにして

平和とは祈りのこころ春満月

春愁の胸底にある水鏡

牧石剛明先生を悼む　三句

遺されし言の葉なぞる若葉光

春帽子召されし影の立ち上がる

お洒落なる師の佇まい春帽子

筍を剝くや夕べのふくらみぬ

わが影に躓いており梅雨兆す

氷川丸仔細は梅雨にけぶりたる

秋晴のチンパンジーは奇を衒う

どこへでもゆきたがりやのいのこずち

父祖たちの声かもしれぬ柿熟るる

禁断の恋の行方や木の実降る

笹子鳴く問わずがたりの小抽斗

はかどらぬ仕事を重ね霜の声

奔放に生きて淋しき寒鴉
冬ざれやみぎとひだりの相寄らず

二〇一三年

備長のほむらとなりし女正月

朧かな円周率を口遊む

扁平に日の当たりたる青葉騒

がんばらないのが心情かたつむり

青地図を塗り替えており夏の旅

マルクスもゲーテも知らぬところてん

夕焼けておおらかな嘘ゆるしあう
秋立ちぬ琺瑯質の鐘の音

うらなりの冬瓜食みて平和なり

折鶴の鋭角やさしき風の秋

万能の風呂敷月を拾いけり

山彦の斜めに過る黄落期

落葉降る乾きはじめし骨の音

楔打つ音垂直に枯れにけり

引退の馬の目冬日の中にあり

うつし世に折り合いつけて葱を抜く

落城の仔細を覗く寒鴉

贖罪のいろかもしれぬ狐火炎ゆ

如月や壺中の闇に塩を振る

二〇一四年

薄氷を踏み故郷の音とせり

前世をふと憶えたり春の闇

万緑の底まっすぐに自縛解く

泰山木の花群像のごとし

善良な手にゆだねたり夏大根

青大将なお謀るかに発光す

空蟬の無垢の光を放ちたり

海へのオマージュ蜩のふるさと

新涼や一筆箋の置手紙

葡萄棚半音階に揺らす風
青空の光乗り継ぎ鳥渡る

大いなる鳥獣戯画に木の実降る

原人の貌もて落葉焚きにけり

鍵盤の鳴らぬ一音冬ざるる

わが影の軽く短くコート脱ぐ

悠遠の音

二〇一五年

二〇一五年

目に触れし梅一輪の涅槃かな

ものの影いろ持ちはじむ春あした

ひと日生きひと日減りゆく朧かな

陽炎やこころ繕う鍵の欲し

燕来る水族館の勝手口

眉あいに心眼のあり風ひかる

柿若葉嬰の眼を羨しめる
てんと虫上昇思考のはじまりぬ

うつし世は乱丁多し憲法の日

梅雨蝶や止まり木のないみらい都市

夏の霧から回りする前頭葉

蘊蓄を傾けている遠郭公

蒼蒼と空なだれ込む雄滝壺

日傘さし翅あるごとく鎌倉へ

威を借りぬダビデの像の夕焼す

夕焼の色を統べたる古墳群

晩節や雨の重みの女郎花
魂に色を添えたり月天心

勾玉にたましい重ね良夜かな

秋雨や独りの懈怠深くせり

音のよき落葉を選ぶ足裏かな

壊れそうな冬日農夫の平なり

石塊を斜めに蹴りて寒に入る

裸木の仁王の形で威を張りぬ

夕闇へ音消しにゆく雪おんな

風花や即かず離れず港の灯

鳥葬の空しんかんと冬の山

凍鶴の軸足移す以下余白

半音階　畢

跋にかえて

大槻宏樹

〝奮闘努力の甲斐もなく〟……。寅さんのうたう名文句である。星野哲郎の作詞。小生は、いつも〝奮闘努力の甲斐もなく〟挫折の連続を味わってきた。でも、なんでかわからないが、この言辞が妙に大好きなのだ。

ところが、〝奮闘努力の甲斐がある〟人がいる。菊池悦子さんだ。菊池悦子さんは、俳句にしろ、フルートにしろ、合唱にしろ、中国語にしろ、それぞれの分野で成就されている。羨ましいかぎりだ。菊池さんは、オカイコ様が糸を吐き続けるように、様々な分野に挑戦し形をつくっている。この度の句集『半音階』も、〝奮闘努力の甲斐あって〟美事に上梓された。同級生として、こんな嬉しいことはない。

実は、菊池悦子さんと小生は、同期の仲間である。ご自慢の娘さんとも深く長い学縁がある。だからもう長いおつきあいをさせてもらっている。そんな誼で「跋」を書く栄誉をいただいた。

《肺句の世界》……俳句は心の開放である、そんなことを仄聞したことがある。だから、俳句とは門外漢の小生からみると、俳句は〈肺句〉ではないか。肺はヒトの中心にある。肺は、ヒトの息の音、呼吸が聞えるはずである。菊池悦子さんの句には、この心音がはっきりと伝わってくるものが多い。「春の月」の初句の「鎌倉や僧の声明春の宵」から、ずうっと菊池さんのフルートによる演奏の調べが、肺の底から確かに聞えてくるのだ。

さらには、とくに「弟を悼む三句」「兄を悼む三句」「矢澤尾上先生を悼む三句」「片江恵美子さんを悼む二句」「牧石剛明先生を悼む三句」等には、菊池さんの思いの丈が天空にとどろいている。菊池さんの句は、心の開放につながっている。だから菊池俳句は〈肺句〉だ、と勝手に考えてみた。

《配句の妙》……菊池俳句には、言葉や写生を超えた二つの構図があることに気が付いた。これも勝手だが、一つは「景色の構図」であり、もう一つは「魂の構図」である。

「景色の構図」では例えば三句あげてみる。「渋柿の一つ乗りたる祠かな」「白梅に闇を貸したる古刹かな」「春耕のつかず離れず影二つ」。いずれも美しい。景色の中に情感が溢れ出ていて心地よい。一方、「魂の構図」も例えばとして三句をあげてみる。「遺伝子をまさぐっている冬の蝶」「うつし世は乱丁多し憲法の日」「父祖たちの声かもしれぬ柿熟るる」いずれの句も、声を出して何回も何回も詠みたい句だ。

「来たる世も弟であれほととぎす」など、教科書に載せてもらいたい句である。加えて菊池さんは中国語にも堪能なので、句の中に例えば「昂り」「心音」「躓く」「矜持」などの辞が適度に配置され、句の品格を高めているのも菊池俳句の真髄である。

《盃句の匂い》……二〇〇六年、「なりゆきは風に委せてぬくめ酒」が発表されている。菊池さんはお酒を適度にたしなまれる。上品なお酒を上品にのまれる。お酒かワインか、適度にたしなまれると、例の美声で歌も披露される。だから句集には、音や楽器や歌が頻繁に詠まれている。

それにしては〈盃句〉が少ないナ。

《半音階をなぞる》……句集の題名は「葡萄棚半音階に揺らす風」から採られたと推察する。半音階とは何ぞや。

俳句も音楽もド素人の小生には慮れない。「端っこの美学」か、「未完成の美学」なのか。和歌の「みやび」に対する俳句の「ひなび」からくるひなびの音なのか。半音階に続くのが「悠遠の音」なのであろうか。ただ「琴の爪」は全音階かな？　興味は尽きない。

無理かもしれないが、小生も俳句を習い、菊池悦子さんに俳縁として句友として認められる日がくれば幸である。

うれしさに、『半音階』に乾盃。

（おおつきひろき・早稲田大学名誉教授）

あとがき

俳句を詠みはじめて三十年の歳月を重ねた。来し方をしみじみと憶う。

実家の書棚にあった『新撰歳時記』。今は革表紙も紙質も変色しているが、私の俳句の原点となった大切な蔵書である。明治四十一年に博文館で発行され大正十四年で五十五版正價は金貳圓とある。文体は旧仮名遣いで、初めて目にする季語が多く載せられている。刻々と移りゆく世と歴史の中で、現在の歳時記の変化に興味を抱いていた。

一九八四年横浜市港南区の自治会のサークル活動として俳句が話題になった。当時自治会長で俳人の矢澤尾上先生に立ち上げのご尽力をお願いし、翌年の四月「ひまわり俳句会」が発足、ご指導を仰いだ。途中、矢澤先生のお奨めを受け、由利雪二先生の「落葉松」へ入会し、俳誌で毎月の投句のご批評を頂いた。矢澤先生が一九九三年逝去され、一九九五年現代俳句の「顔」に俳縁を頂き現在に至る。その頃ある文芸評論家が「人と私とは違うという事を言えるのが文芸」と述べられ「顔」の信条である〈顔は個性の象徴。その顔を大切にする〉を知り共感を覚えた。主宰の牧石剛明先生は下咽頭癌の手術で既にお声を失くされていた。句会は牧石先生の筆談で添削を頂き、編集長だった現在の主宰瀬戸美代子先生が代読された。短詩形の文芸である俳句は省略を生かす。自己（主観）を詠う手段としての季語の置き方、取り合わせに依る俳句の妙味など説かれ、多くの教えを学んだ。二〇一二年牧石剛明先生も他界され、ショックは大きかった。

さて、私は俳句より長い年月、音楽を趣味とした。今は懐かしくなった蓄音機ＳＰ盤のレコードで初めて聞いたビバルディー作曲の「四季」。季節の風の移ろいを楽器で表現し、折々のアンサンブルは脳裡を離れない。女学校二年生の時にピアノと声楽を習いはじめたが、ピアノの素養の無い事を悟り一年半で身を退いた。しかし、私のピアノを自由に弾く夢は娘に引き継がれた。三歳から習ったピアノを趣味とし折に触れ音を奏でている。その後、私は合唱、フルートと音楽から離れる事は無かった。

この度、句集の題名を「半音階」と名付けたが、音楽に親しんで来た名残である。同時に日々の営みから生まれる音、また大自然の息吹である風や音の気配を一体感として感受できるのは、文芸の醍醐味と感謝している。

ところで、私の小学校時代は関西の地でも疎開して帰った愛媛でも太平洋戦争の真っ只中だった。空襲警報のサイレンの度に防空壕に身を潜め恐怖におののいた暗い過去。戦の為の音や響きは二度と要らない。次代を担う子供たちが喜々として興ずる声がいつまでも続く世であって欲しい。戦争に傾いていった七十五年前の過ちを繰り返してはならない。

最後に、句集を上梓するに当たり、選句、ご序文、揮毫と数々のお世話を賜りました「顔」主宰の瀬戸美代子先生、跋のご文章は娘の恩師早稲田大学名誉教授大槻宏樹先生、お二人の先生に、私の人生の棹尾を飾って頂き幸甚の極みです。また、句集を編むはじめから、細やかなお導きを頂いた同人会会長大山蒼明様、残念な事に昨年十二月黄泉の国へ旅立たれました。未だに受け入れられない現実です。大山様のご尽力がなければ、私の句集はあり得なかったと思います。心から感謝を申し上げます。と共に謹んでご冥福をお祈り致します。句集出版の労をお摂り下さいました株式会社東京四季出版の西井洋子社長に御礼を申し上げます。尚、この句集を纏める中で挫けそうになった時、家族の励ましは力になりました。そして今は亡き、父と母、兄と弟にこの句集を捧げます。

二〇一六年　春

菊池悦子

著者略歴

菊池悦子《きくち・えつこ》

一九三三年　愛媛県に生まれる
一九八五年　「ひまわり俳句会」入会
一九八八年　「落葉松俳句会」入会
一九九五年　「顔俳句会」入会
一九九七年　「顔」同人
一九九八年　「落葉松俳句会」退会
一九九九年　現代俳句協会会員
二〇一三年　ふるさとテレビ大賞受賞

現住所
〒221-0865　神奈川県横浜市神奈川区片倉三―七―一二―二〇九

実力俳句作家シリーズ・凜❶

句集　半音階　はんおんかい

発　行　平成二十八年五月三日
著　者　菊池悦子
発行人　西井洋子
発行所　株式会社東京四季出版
〒189-0013 東京都東村山市栄町二－二二－二八
電話　〇四二－三九九－二一八〇
shikibook@tokyoshiki.co.jp
http://www.tokyoshiki.co.jp/
印　刷　株式会社シナノ
定　価　本体二七〇〇円＋税

ISBN978-4-8129-0924-9